Un refuge pour les pandas

L'auteur : Mary Pope Osborne a écrit plus de quarante livres pour la jeunesse récompensés par de nombreux prix. Elle vit à New York avec son mari, Will, et Bailey, un petit terrier à poil long. Tous trois aiment retrouver le calme de la nature, dans leur chalet en Pennsylvanie.

L'illustrateur : Philippe Masson, né à Rennes en 1965, est issu d'une famille de marins bretons. Actuellement, il vit à Tours avec son amie, et il a deux enfants, Lucas et Mona. Il réalise également les dessins de la série « Les 39 clés » et a réalisé ceux de la série « Le château magique » aux Éditions Bayard.

À Andy Boys, qui aime les pandas

Titre original : *A Perfect Time for Pandas*

Réalisation de la maquette : Karine Benoit.
Illustration de couverture et illustrations intérieures : Philippe Masson.
Colorisation de la couverture, illustrations de l'arbre, de la cabane et de l'échelle : Paul Siraudeau.

Loi n° 49-956 du 16 juillet 1949 sur les publications destinées à la jeunesse.
Dépôt légal : novembre 2013 – ISBN : 978-2-7470-4628-2
Imprimé en Espagne par Novoprint

La Cabane Magique

Un refuge pour les pandas

Mary Pope Osborne

Traduit et adapté de l'américain
par Marie-Hélène Delval

Illustré par Philippe Masson

bayard jeunesse

Léa

Prénom : Léa

Âge : neuf ans

Domicile : près du bois de Belleville

Caractère : espiègle et curieuse

Signes particuliers : ne manque jamais une occasion d'entraîner son frère Tom dans des aventures mouvementées, sans se soucier du danger.

Tom

Prénom : Tom

Âge : onze ans

Domicile : près du bois de Belleville

Caractère : studieux et sérieux

Signes particuliers : aime beaucoup les livres, qui l'aident à se sortir de situations périlleuses.

Les quarante-deux premiers voyages de Tom et Léa

Tom et Léa ont découvert dans le bois de Belleville, perchée en haut d'un chêne, une cabane pleine de livres. C'est une

cabane magique !

Elle appartient à la fée Morgane, une magicienne et une célèbre bibliothécaire qui voyage à travers le temps et l'espace pour rassembler des livres.

Nos deux jeunes héros ont déjà vécu des **aventures extraordinaires** ! Il leur suffit d'ouvrir un livre, de poser le doigt sur une image en souhaitant se trouver à l'endroit représenté, et ils y sont aussitôt transportés !

Dans le dernier tome,

souviens-toi :

Pirlouit est changé en pierre, depuis que Teddy lui a jeté un sort par mégarde. Pour rendre son apparence au petit manchot, Tom et Léa doivent trouver quatre objets. Pour leur troisième mission ils sont allés en Amérique à l'époque du président des États-Unis, Abraham Lincoln. Il leur a donné la plume blanche qu'ils cherchaient.

Nouvelle mission

Tom et Léa
partent
en Chine

à la rencontre
des pandas géants !

Sauront-ils éviter tous les dangers ?

★ ★ ★ ★ ★ ★

Lis vite

ce nouveau « Cabane Magique » et aide nos deux héros à mener à bien la mission que Teddy et Kathleen leur ont confiée !

Prêt à suivre Tom et Léa dans leurs dangereuses aventures ?

Bon voyage !

1

La quatrième chose

Tom entend frapper… *Ce sont Teddy et Kathleen ! Ils viennent me chercher. Pour que je les aide à sauver Pirlouit…* Il essaie de se lever, mais ses jambes refusent de lui obéir. Il n'arrivera jamais à ouvrir à ses amis !

On frappe plus fort.

– Tom ? appelle quelqu'un.

Le garçon ouvre les yeux. Il ne sait plus où il en est.

– Debout, Tom ! C'est l'heure !

Cette fois, il reconnaît la voix de son père. Il se redresse d'un coup, tout hébété.

Il a dormi trop longtemps.

« Drôle de rêve… », pense-t-il.

Son père passe la tête par l'entrebâillement de la porte et lui demande :

– Tu es réveillé ?

– Oui, oui, papa !

– Tu ferais bien de te dépêcher !

Tom saute du lit en se demandant :

« Et Léa ? Elle est déjà prête ? »

Avant de se rendre à l'école, ils ont prévu de passer à la cabane magique. Aujourd'hui, ils doivent trouver le quatrième objet afin de délivrer Pirlouit du mauvais sort qui l'a changé en pierre.

Tom enfile en vitesse un tee-shirt et un jean. Puis il sort de sa chambre.

Au même instant, Léa, affolée, jaillit de la sienne en criant :

– Je ne me suis pas réveillée !

– Moi non plus ! Vite, dépêchons-nous ! On n'a plus beaucoup de temps.

Les deux enfants dévalent les escaliers et font irruption dans la cuisine.

Leur mère les accueille en riant :

– Ah, vous voilà, les marmottes ? Le petit déjeuner est prêt, j'ai beurré des tartines.

– Merci, maman, dit Tom. On va les envelopper pour les emporter, si tu veux bien. On voudrait arriver en avance. On a... euh... un projet de classe à préparer.

– Vous, au moins, vous aimez l'école, les félicite leur père.

– Oui, on y fait des trucs super !

– Eh bien, bonne journée !

Les enfants s'élancent hors de la maison. L'air matinal sent bon le printemps.

– On a exactement vingt minutes avant que la cloche sonne, déclare Tom.

– Ça suffira, affirme sa sœur. Allons-y !

Ils traversent le jardin au pas de course et suivent la rue en direction du bois de Belleville. Les arbres se couvrent de petites feuilles toutes neuves, d'un vert tendre. Les enfants parviennent bientôt au pied du plus grand chêne.

La cabane magique est posée au sommet. Léa agrippe l'échelle de corde et commence à grimper. Tom la suit. Arrivés en haut, ils s'assoient sur le plancher, tout essoufflés.

– Quel calme, ici, soupire la fillette.

Une poussière dorée danse dans un rayon de soleil. Il éclaire les trois objets que le frère et la soeur ont déjà rapportés pour aider leurs amis magiciens : une émeraude en forme de rose qu'on leur a donnée en Inde ; une fleur séchée, jaune et blanche, venue des Alpes suisses ; une plume d'oie que leur a offerte le président Abraham Lincoln.

– J'espère que Teddy et Kathleen ont réussi à traduire la dernière partie de la formule, dit Tom. Nous ont-ils laissé de nouvelles instructions ?

Les enfants regardent autour d'eux.

– Là ! s'écrie Léa en désignant un livre et un papier roulé, déposés dans un coin.

Tom s'empare du volume tandis que sa sœur ramasse le papier.

– Intéressant ! lâche le garçon.

Il montre la couverture à Léa.

– La Chine ! s'exclame-t-elle. C'est génial !

Son frère paraît moins enthousiaste.

– Humm… Tu te rappelles cet empereur qui brûlait tous les livres et qui a tenté de nous tuer ?

– C'était il y a plus de deux mille ans, objecte la fillette. Cette fois, on arrivera sûrement là-bas à une autre époque.

Elle déroule le papier et lit à voix haute :

Chers Tom et Léa,

Nous n'avons pas achevé la traduction de la formule secrète. Pirlouit est toujours en pierre. Mais nous savons que le quatrième objet nécessaire pour annuler le mauvais sort se trouve en Chine.

Voici à quoi il ressemble :

C'est granuleux, c'est nourrissant,
Aussi dur que le bois,
Rond de forme et couleur de sable.
On le prépare avec amour
Pour rassasier ceux qui ont tout perdu.

Dès que vous l'aurez découvert, revenez vite à Camelot, s'il vous plaît ! Morgane et Merlin seront de retour demain avant le lever du jour !

Teddy et Kathleen

– C'est quelque chose qui se mange ? suppose Léa. Ça ne doit pas être si difficile à trouver !

Tom n'en est pas aussi sûr.

– Un aliment dur comme du bois ? C'est bizarre, non ?

– Bonne remarque ! Mais le chercher, ce sera amusant ! J'aime beaucoup aller au restaurant chinois, pas toi ?

– Si. Seulement…

Sa sœur lui coupe la parole :

– Bon ! Est-ce que Teddy et Kathleen nous ont laissé une potion ou un objet magique ?

C'est au tour du garçon de s'écrier :

– Là !

Un flacon en verre bleu brille dans un coin sombre.

Tom le ramasse puis il s'approche de la fenêtre pour déchiffrer l'étiquette :

À n'utiliser qu'une fois.
Buvez une gorgée
et devenez cinq fois plus grands.
L'effet de la magie durera une heure.

– Cinq fois plus grands ? répète-t-il. On sera aussi hauts qu'une maison !

– Ça, ce sera vraiment bizarre !

– Ça peut aussi être drôle !

– Plus drôle que de devenir minuscules, comme en Inde devant les cobras, rappelle la fillette.

– Surtout si on rencontre encore des serpents ! renchérit son frère.

Il range le papier et la fiole dans son sac.

Puis il inspire profondément :

– On y va ?

– On y va !

Le garçon pose alors le doigt sur la couverture du livre et dit :

– Nous souhaitons être transportés ici !

Aussitôt, le vent se met à souffler, la cabane à tourner.

Elle tourne plus vite, de plus en plus vite.

Puis tout s'arrête, tout se tait.

2

Drôle de nourriture

Dehors, il fait grand jour. Un coq chante quelque part. L'air est humide et frais.

– Il est encore tôt, se réjouit Tom. Ça nous laisse toute la journée et toute la nuit pour remplir notre mission.

– Parfait ! Et regarde ! Pour une fois, on reste habillés comme d'habitude.

Tom s'aperçoit qu'il porte toujours son jean et son tee-shirt.

– C'est normal, tu crois ? Ce n'est pas une erreur ?

Les deux enfants courent à la fenêtre.

Des montagnes majestueuses entourent la ville où ils viennent d'arriver. La cabane s'est posée sur la cime d'un arbre, au milieu d'un bosquet, au bord d'une rue animée. On y voit des boutiques, toutes sortes de bâtiments, des automobiles et des gens à vélo.

– Des voitures ! constate Tom, rassuré.

– Donc, ce n'est pas une erreur, ajoute sa sœur. On est bien en Chine, mais on n'a pas changé d'époque.

Tom fouille dans sa poche et en sort une liasse de billets.

– Super ! On a de l'argent chinois !

– Parfait !

Penchée à la fenêtre, Léa lit ce qui est écrit sur différents bâtiments :

– « Banque de Wolong », « École de Wolong », « Aux cycles de Wolong ». On doit être à Wolong.

– Ah oui, tu crois ? se moque son frère.

– On n'a plus qu'à repérer un « Restaurant de Wolong », pouffe Léa.

– Je ne sais pas si on trouvera ce qu'on cherche dans un restaurant. Ça m'a tout l'air d'être un plat inhabituel. Ça nourrit peut-être, mais c'est dur comme du bois !

– Il faut toujours que tu t'inquiètes ! rouspète la fillette. Allez, viens !

Elle court vers l'échelle de corde. Tom range le livre dans son sac à dos et descend à son tour. Ils sortent du bosquet et s'engagent sur un trottoir encombré.

Des marchands installent leurs étals pour vendre des poteries ou des objets d'artisanat.

Des écoliers passent avec leurs cartables. Filles et garçons portent jeans et tee-shirts.

– Tu vois, fait remarquer Léa. Ici aussi, c'est l'heure de l'école.

– Sauf qu'on est de l'autre côté du monde !

– Si on s'arrêtait là pour le petit déjeuner ? propose la fillette tout en désignant un restaurant avec une terrasse.

Tom lit l'enseigne :

– « Au jardin du Paradis ». Un bon endroit pour commencer nos recherches !

Le frère et la sœur s'approchent. Des bambous en pots entourent les tables. Un serveur verse du thé à un client plongé dans son journal.

Tom jette un coup d'œil à la page de titre :

– Tu as vu ? On est le 12 mai 2008.

Le serveur salue les jeunes arrivants. Il les conduit à une table, sur laquelle il pose deux petits bols.

– Thé vert ? Ou thé au beurre de yak ? s'enquiert-il.

– Thé vert ! répondent Tom et Léa d'une seule voix.

Le jeune homme s'en va et revient bientôt avec une théière. Il emplit les deux bols d'un pâle liquide fumant. Puis il tend la carte aux enfants et s'éloigne pour prendre la commande d'autres clients.

– Du thé au beurre de yak ? grimace Tom. Non, merci !

Ils examinent le menu, et Léa glousse :

– Humm ! Que dirais-tu d'une bonne gelée de haricots verts ?

– Tu ne préfères pas des pattes de poulet ?

– Berk !

– Oh, et ça : « tofu grillé puant » ?

– Pouark ! lâchent-ils en même temps.

Ils sont pris d'un tel fou rire qu'ils manquent de tomber de leurs chaises.

Tom s'aperçoit alors que le serveur les observe en fronçant les sourcils.

– Chut, Léa ! Il ne faut pas se montrer impoli.

La petite fille fait un geste d'excuse avant de commenter :

– Après tout, chez nous, on a bien des fromages qui puent !

– Et on mange de la langue de bœuf. Ou des pieds de cochon !

– Ah, berk ! s'esclaffe Léa.

– Bon, assez rigolé. On a une mission à remplir.

Tom sort le papier de son sac pour relire la comptine :

– « C'est granuleux, c'est nourrissant, aussi dur que le bois, rond de forme et couleur de sable. On le prépare avec amour pour rassasier ceux qui ont tout perdu. » Si on demandait au serveur ?

Il lève la main pour l'appeler. L'homme s'approche.

– Vous avez choisi ? s'enquiert-il.

– Eh bien… on aimerait vous poser une question.

– Auriez-vous quelque chose de rond, qui ait la couleur du sable ? demande Léa.

Le serveur la fixe d'un air déconcerté.

Tom ajoute, mal à l'aise :

– Et qui soit… euh… aussi dur qu'un morceau de bois ?

Le serveur lui lance un regard noir.

– Du sable et du bois ? Vous vous fichez de moi ?

– Oh… euh… pas du tout…, balbutie le garçon en se recroquevillant sur son siège.

– Eh bien, la réponse est non ! Nous ne mangeons rien de ce genre.

– Ah ! D'accord !

– Désirez-vous autre chose ?

– Non, non, merci.

Le serveur jette le ticket de caisse sur la table et s'éloigne.

Le garçon sort de sa poche un billet de vingt yuans.

– Viens, Léa ! On ferait mieux d'y aller.

Et il entraîne sa sœur hors du « Jardin du Paradis ».

– Bon ! soupire-t-il. Où va-t-on trouver cette nourriture bizarre ?

– Le livre nous donnera peut-être une indication ?

– Peut-être...

Après avoir sorti le volume de son sac, Tom cherche *Wolong* dans la table des matières. Arrivé à la bonne page, il lit à voix haute :

Wolong (prononcer Woulong) signifie « le dragon endormi ». La ville est située au cœur d'une réserve naturelle, encerclée par la chaîne de montagnes du même nom. D'après la légende, un dragon est tombé amoureux de ces cimes magnifiques. Il s'est enroulé autour d'elles et s'est endormi. Il ne s'est plus jamais réveillé.

– C'est une belle histoire, dit Léa.

– Mais elle ne nous aide pas beaucoup.

Tom poursuit sa lecture :

La réserve de Wolong abrite des espèces rares comme les pandas géants, les singes dorés, les cerfs à babines blanches, les...

– Hé ! le coupe sa sœur. Tu as bien dit « les pandas géants » ?

– Oui...

– Ooooh ! lâche la fillette en croisant les mains sur son cœur. Le rêve de ma vie !

Tom la dévisage, interloqué :

– Comment ça, le rêve de ta vie ?

– Oui ! Je rêve depuis *toujours* de voir de vrais pandas ! Pas toi ?

Elle lui prend le livre des mains et le feuillette jusqu'aux pages où l'on voit des photos de pandas. À son tour, elle lit :

Un centre de recherches pour la protection et la reproduction des pandas géants s'est ouvert en 1980 dans la Réserve naturelle de Wolong, afin d'offrir un havre de paix à ces animaux en voie de disparition.

– Un parc pour les pandas ! s'exclame Léa. Il faut *absolument* y aller ! Tout de suite !

– Attends ! proteste Tom. On est venus ici en mission, pas pour aller admirer des pandas !

– Tu ne comprends pas ? J'ai toujours voulu en voir des vrais ! Tu te souviens de mes deux peluches préférées, Roly et Poly ? Je les aimais tellement !

– Oui, je me rappelle. Mais notre mission d'abord !

– On a tout le temps de chercher cette nourriture bizarre ! Il y a des tas de restaurants, à Wolong. Ça ne devrait pas être bien difficile à trouver. Eh ! J'ai une idée !

Elle rend le livre à son frère et fait demi-tour en s'écriant :

– Viens avec moi !

– Attends ! Où tu vas ?

– Tout à l'heure, on est passés devant un magasin de bicyclettes, lance la fillette par-dessus son épaule. Je parie qu'ils louent des vélos !

Tom range le livre, remet son sac sur son dos et se dépêche de la rattraper, tout en protestant :

– Tu es devenue folle ? Et d'abord elle est où, cette réserve ? On n'aura peut-être pas le temps d'y aller, d'en revenir *et* de remplir notre mission ! Et ça coûte combien, une location de vélos ? On n'aura peut-être pas assez d'argent !

– On verra bien, décrète Léa.

Et elle reprend sa course en direction de la boutique.

3

Le dragon endormi

– Oh, celle-là ! marmonne Tom.

Quand il arrive devant la boutique de vélos, Léa est déjà en grande discussion avec le marchand.

– Bonnes nouvelles ! lance-t-elle à son frère. Ce monsieur dit qu'il est possible de rejoindre la réserve à bicyclette. Et la location ne coûte que trente yuans la journée.

– On mettra combien de temps pour aller là-bas ?

La petite fille ne répond pas. Elle frappe dans ses mains, les yeux brillants.

– Oh, Tom ! Je n'y crois pas ! Je vais voir de vrais pandas !

Elle est si excitée que le garçon n'a pas le cœur de lui refuser ce plaisir. Il sort de sa poche six billets de vingt yuans et les tend au vendeur. En remettant deux casques à ses jeunes clients, celui-ci déclare :

– La route de la montagne est belle, mais faites *bien attention* !

– Merci, lui lance Léa tout en coiffant son casque. À ce soir !

Elle choisit une bicyclette bleue et sort de la boutique.

– Faites *bien attention* ! insiste le loueur de vélos.

« Attention à quoi ? » se demande Tom.

Néanmoins, son casque sous le bras, il s'empare d'un vélo rouge avant de suivre sa sœur.

– Le type de la boutique m'a indiqué le chemin, explique Léa. On remonte cette rue, on tourne à gauche pour prendre la grand-route. Puis on la suit jusqu'à la réserve.

– Super ! Et c'est loin ? s'enquiert le garçon en ajustant la lanière de son casque.

– Pas très, à sept ou huit kilomètres.

– *Quoi* ? Tu rigoles !

– On a déjà fait des balades aussi longues, en vacances. On y arrivera facilement !

Léa enfourche sa bicyclette et commence à pédaler en chantonnant :

– En route pour le paradis des pandas !

– Sept ou huit kilomètres, grommelle Tom. Et en côte ! Super !

Au bout de la rue, les enfants tournent à gauche. Tom appuie plus fort sur les pédales pour rester derrière sa sœur. Tout en roulant sur la grand-route, il regarde le paysage.

D'un côté, le flanc de la montagne est couvert de pins et de buissons en fleurs. De l'autre, une pente abrupte descend vers la vallée, au fond de laquelle coule une rivière. Au loin, de hauts sommets disparaissent dans les nuages.

Soudain, un autocar bleu les double en klaxonnant. Tom manque de perdre l'équilibre.

– Ouf ! lâche-t-il. J'ai eu chaud !

Presque aussitôt, une grosse voiture le frôle.

– On va finir par avoir un accident ! s'exclame le garçon.

Comment a-t-il pu se laisser convaincre de partir là-bas à vélo ? Ils auraient pu prendre un bus ou un taxi. Ou, mieux encore, ne pas y aller du tout !

– Léa ! appelle-t-il.

Mais la fillette est si loin devant qu'elle ne l'entend pas.

Tom crie à pleins poumons :

– Léa ! Ralentis !

La route tourne en épingle à cheveux, et sa sœur disparaît. Tom se met debout et appuie de toutes ses forces sur les pédales. Il imagine déjà Léa heurtée par un véhicule et projetée dans le vide du haut de la falaise !

Passé le tournant, il constate qu'elle a mis pied à terre pour l'attendre.

Quand elle
le voit approcher,
son visage s'illumine.

– Ah, te voilà enfin ! Qu'est-ce que tu fabriquais ? Cette route est dangereuse !

Tom met pied à terre et grommelle, hors d'haleine :

– Ah oui, tu crois ?

– Oui. Mais je comprends pourquoi le dragon a choisi cet endroit pour dormir !

Regarde comme c'est beau ! poursuit la fillette.

Tom reprend son souffle et regarde autour de lui.

– Oui, très beau. Mais c'est encore loin ? Il ne faut pas oublier notre mission !

– À mon avis, on est presque arrivés. Allez, viens, dépêchons-nous !

Et Léa se remet en selle.

– Je passe le premier, dit son frère. À partir de maintenant, on reste ensemble et on roule le plus près possible du bas-côté. Tu m'entends, Léa ? Je ne rigole pas.

Il agrippe son guidon, appuie sur les pédales et redémarre.

Tom se retourne de temps en temps pour vérifier si sa sœur observe la consigne. Ils grimpent, suant et soufflant. Une pluie fine s'est mise à tomber. La brume envahit la vallée et monte peu à peu. Ils grimpent. Ils grimpent toujours.

Des véhicules ne cessent de les doubler avec des rugissements. Tom essaie de les ignorer. Dire qu'il est en train de pédaler sur une route de montagne, en Chine, par temps de brouillard !

Enfin apparaît un panneau annonçant :

CENTRE DE RECHERCHES POUR
LA PROTECTION DES PANDAS GÉANTS

– On y est ! jubile Léa.

La pluie a cessé. Tom est trempé, essoufflé et complètement épuisé.

– J'espère… que tu es… contente, dit-il en haletant.

Sa sœur lui adresse un sourire jusqu'aux oreilles.

– Super contente !

Le centre de protection des pandas est niché entre deux montagnes, sur l'autre rive d'un cours d'eau. Un pont enjambe la rivière pour mener au portail. Un groupe de visiteurs attend devant l'entrée.

Tom et Léa roulent jusqu'au parking. Ils laissent leurs casques accrochés aux guidons et garent leurs vélos près d'un autocar bleu. C'est sans doute celui qui les a doublés quelques instants plus tôt.

Alors, la petite fille lâche, désolée :

– Oh, non !

Elle désigne un écriteau indiquant :

ENTRÉE INTERDITE AUX
ENFANTS NON ACCOMPAGNÉS

– Quoi ! marmonne Tom. On a fait tout ce chemin pour rien ?

En fait, il est secrètement soulagé. Maintenant, ils vont pouvoir se consacrer à leur mission.

Mais sa sœur décide :

– Pas question de renoncer ! Il faut *absolument* que j'entre ici !

Au même moment, une jeune femme en uniforme s'adresse au groupe rassemblé devant le portail :

– Votre attention, s'il vous plaît !

– Approchons-nous encore un peu plus ! chuchote la petite fille.

– Léa ! Attends !

Bien sûr, elle n'écoute pas. Tom la suit donc en soupirant, et ils se mêlent aux visiteurs.

– Je suis le docteur Ling, se présente la jeune Chinoise, et je suis heureuse de vous accueillir. Dans notre réserve de pandas, la plus grande au monde, des scientifiques travaillent à la protection de ces animaux en voie de disparition.

– C'est ce que je voudrais faire plus tard, déclare Léa : protéger les pandas !

Quelques personnes la dévisagent, l'air de se demander d'où elle sort.

« Aïe, aïe, aïe... », s'inquiète Tom.

Mais le docteur Ling se tourne vers la fillette.

– Et tu as bien raison, car les pandas sont une des espèces les plus menacées ! Pendant plus de trois millions d'années, ils ont vécu dans nos immenses forêts de bambous. À présent, presque toutes ces forêts ont été coupées et remplacées par des routes et des cultures.

– Combien reste-t-il de pandas dans le monde ? se renseigne Léa.

– Environ mille six cents.

– Seulement ? C'est terrible ! s'exclame la fillette.

Tom lui flanque un coup de coude pour la faire taire. Mais elle continue :

– Est-ce qu'on peut encore les sauver, docteur Ling ?

– Nous l'espérons. C'est à cela que nous travaillons, dans ce centre. Environ deux cents bêtes y sont soignées. Certaines d'entre elles souffraient de blessures ou de maladies. Beaucoup sont nées ici. L'an dernier, nous avons accueilli seize bébés.

– Ooooh ! lâche Léa.

– C'est pourquoi le centre n'est pas ouvert aux touristes, reprend le docteur Ling. Nous recevons seulement les volontaires désireux de nous aider. Aussi, sans tarder davantage, je vous invite à venir vous équiper !

Les visiteurs s'ébranlent ; Léa leur emboîte le pas.

– Léa ! Reviens ! lui souffle son frère.

Mais la fillette lui fait signe de la suivre. Puis elle pénètre dans le centre d'un pas ferme.

4

Équipez-vous !

– Oh, celle-là ! grogne encore le garçon.

Il n'a pas le choix, il est bien obligé d'accompagner sa sœur. Dès qu'il a franchi le portail, il aperçoit un groupe de bâtiments bas, que dominent des montagnes couvertes de forêts.

Tandis que le docteur Ling conduit les visiteurs le long d'un sentier pavé, Léa discute avec une dame élégante, aux cheveux d'un blanc de neige. Tom se dépêche de la rattraper. Il la tire par la manche, mais elle ne se retourne même pas.

– Je les ai toujours *adorés* ! explique-t-elle. Vous aussi ?

– Ma foi, oui ! répond la dame. Je viens spécialement de Montréal pour les voir !

– Nous, nous arrivons de Belleville, en France !

– Magnifique ! Je m'appelle Sylvia. Et toi ?

– Léa. Et voici mon frère, Tom. Ça vous ennuie si on reste avec vous, Sylvia ?

– Bien sûr que non ! J'en serai ravie.

– Super ! se réjouit la fillette, en jetant à son frère un regard triomphant.

Le docteur Ling conduit le groupe dans l'un des bâtiments. Elle distribue des combinaisons de toile, des protège-chaussures en papier et des gants de caoutchouc.

– Tous les volontaires doivent porter ceci par-dessus leurs vêtements, explique la jeune femme. Ainsi, les personnes qui travaillent au centre savent que vous êtes venus nous aider.

Tom chuchote à sa sœur :

– On va se faire repérer.

– Pas de souci ! On est accompagnés par un adulte, maintenant !

Le garçon secoue la tête, découragé. Néanmoins, il ôte son sac à dos, et tous deux revêtent une combinaison trop grande pour eux. Ils roulent leurs manches et leurs bas de pantalons. Ils chaussent les protections en papier par-dessus leurs baskets et enfilent les gants de caoutchouc.

– Nous allons passer par la nursery, annonce le docteur Ling.

Léa agrippe le bras de son frère ; elle a beaucoup de mal à ne pas sauter de joie.

La jeune femme ouvre la porte de la salle, et le groupe entre.

– En ce moment, nous n'avons qu'un seul nouveau-né. Vous pourrez le regarder en passant devant l'incubateur.

Tous défilent lentement, et un murmure de surprise monte parmi les visiteurs. Quand Tom arrive devant la couveuse, il comprend pourquoi : le bébé ne ressemble pas du tout à un panda. On dirait plutôt une espèce de souris rose !

– Incroyable ! lâche-t-il.

– Il est minuscule ! s'étonne Léa.

– Oui, chuchote Sylvia, derrière elle. J'ai lu que les pandas nouveau-nés ne pesaient qu'une centaine de grammes. Et, une fois adultes, les mâles peuvent faire jusque cent soixante kilos !

– Wouah ! fait Tom.

Alors qu'ils quittent la nursery avec Sylvia, le docteur Ling annonce :

– Je vais maintenant vous présenter à quelques-uns de nos soigneurs.

Elle conduit le groupe le long d'une allée pavée bordée de bambous. Près d'un étang où nagent des poissons rouges, plusieurs hommes les attendent, vêtus de bleus de travail.

– Ces messieurs s'occupent des pandas, dit le docteur Ling. Vous, les volontaires, vous allez les aider, deux par deux, dans les différentes maisons.

Elle désigne Tom et Léa et leur annonce :

– Les enfants, vous serez avec monsieur Li, le soigneur de Guo Guo. Il va vous montrer où elle habite. J'espère que votre grand-mère sera d'accord ?

Sylvia proteste :

– Oh, je ne suis pas leur…

La petite fille l'interrompt en riant :

– On te racontera tout, mamie !

Sylvia rit aussi, pensant que Léa plaisante, et elle leur fait au revoir de la main.

– À tout à l'heure ! lui lance Léa.

Puis, avec Tom, elle rejoint monsieur Li.

C'est un homme silencieux à la mine grave. Sans un mot, il conduit les enfants à la maison de Guo Guo, une immense cage avec une porte donnant sur un jardin. L'enclos est entouré d'un mur de pierre.

– Guo Guo vit seule, explique monsieur Li. Elle est arrivée ici toute petite ; à présent, elle a huit ans.

En entrant dans la cage, Tom remarque les feuilles et les morceaux de bambous répandus sur le sol de ciment. Mais il ne voit pas le panda.

– Où est Guo Guo ? demande Léa.

– Quelque part au fond du jardin, répond le soigneur en allant chercher des balais rangés dans un coin.

Tom et Léa scrutent l'espace à travers les barreaux. Ils voient des arbres, des buissons, mais pas l'ombre d'un panda.

– Elle a dû trouver un coin pour se cacher, suppose la petite fille.

– Sans doute. Je ne pense pas qu'elle se montrera aujourd'hui, déclare tranquillement monsieur Li.

– Quel dommage ! regrette Léa.

– On ne peut pas aller à sa recherche ? s'informe Tom.

– Non. Guo Guo est très craintive. Il faut respecter ses humeurs.

– Je vais ramasser des bambous frais, ajoute monsieur Li. Pendant ce temps, vous nettoierez tous les restes qu'elle n'a pas mangés hier.

Il tend les balais aux enfants.

– Les bambous, c'est sa nourriture favorite ? demande Tom.

– Oui. Tous les pandas mangent des bambous, matin, midi et soir !

– Et les humains ? reprend le garçon. Ils pourraient en manger ?

– S'ils essayaient, ils se casseraient les dents, répond monsieur Li,

sans l'ombre d'un sourire. Seule une créature aux mâchoires très puissantes est capable de s'en nourrir.

Tom suit son idée :

– Donc, c'est très dur. Est-ce que c'est dur comme du bois ?

– Eh bien… oui.

Léa a compris où il voulait en venir. Elle intervient à son tour :

– Et je suis sûre que c'est également… euh… très nourrissant !

– À vrai dire, non, répond monsieur Li. Le bambou n'est pas très nourrissant. C'est pourquoi un panda doit en avaler de grandes quantités. Certains de nos pensionnaires en consomment quarante kilos par jour.

– Aaaah, fait Léa, déçue. Et je suppose qu'il n'est pas préparé avec amour…

Monsieur Li la regarde d'un air perplexe :

– Le bambou ? Non. Pas vraiment…

– Dommage…, soupire la petite fille.

Tom est très embarrassé. Monsieur Li va les prendre pour deux idiots, comme le serveur du restaurant !

– Bon, lance le soigneur. Si on se mettait au travail ?

– Bien sûr ! s'empresse d'acquiescer Léa.

– Vous balayerez les débris de bambous et les crottes, indique monsieur Li. Et vous porterez le tout là-bas.

Il désigne une grande poubelle, dans un coin de la cage.

– Les crottes ? répète Tom.

Voyant l'expression dégoûtée du garçon, le soigneur précise :

– Ce n'est pas sale, tu verras ! On dirait de petits tas de paille sèche.

Tom examine le sol autour de lui. C'est vrai, ça n'a pas l'air sale.

Dès qu'ils sont seuls, le garçon soupire :

– Et flûte ! On est coincés.

– Ce n'est pas ici qu'on trouvera la nourriture qu'on cherche, reconnaît Léa. Et il n'y a même pas de panda ! Je voudrais tellement voir Guo Guo !

Tom continue de rouspéter :

– Qu'est-ce qu'on fabrique ici ? On devrait travailler à notre mission, pas rester enfermés dans une cage pleine de crottes !

Léa pouffe :

– Ne t'en fais pas, on en sortira bientôt ! Mais, d'abord, au travail ! C'est tout de même super, de participer au soin des pandas, non ?

– Ouais, c'est ça... Dépêchons-nous de balayer !

Ils s'activent un moment. Soudain, alors qu'ils vont vider leurs pelles dans la poubelle, Léa s'exclame :

– Je la vois ! Elle est là-haut ! Dans un arbre !

5

Guo Guo

Léa pousse son frère contre les barreaux de la cage et pointe le doigt.

– Tu la vois ? Là-bas !

Un énorme panda descend tranquillement le long du tronc d'un érable, les fesses les premières. Quand la grosse bête touche le sol, elle s'assied et lève le museau. Tom ne s'attendait pas à ce qu'elle soit aussi imposante.

– Oh ! souffle Léa. Elle est magnifique !

– Ça, oui, admet le garçon. C'est plus impressionnant en vrai qu'en photo !

Guo Guo ressemble à un gigantesque animal en peluche à qui un magicien aurait donné la vie. Elle hume l’air, et ses narines palpitent. Ses oreilles noires frémissent.

– Bonjour, Guo Guo, dit monsieur Li.

Tom et Léa sursautent de surprise. Le soigneur entre dans la cage avec une brouette débordante de bambous.

– On peut aller la caresser ? demande Léa.

– Surtout pas ! Nous tenons toujours nos pandas éloignés des visiteurs. Aucun étranger ne pénètre dans leur espace privé.

– Ah ?

– Les pandas ne sont pas de gentils toutous, ce sont des animaux sauvages, continue monsieur Li. Il faut leur permettre de mener une vie aussi naturelle que possible.

– Je comprends, murmure Léa.

Sans quitter Guo Guo des yeux, elle pousse un gros soupir.

– Mais sa fourrure a l'air si douce…

Tom est triste pour sa sœur. Il sait combien elle est chagrinée. Elle aurait tant voulu caresser le panda !

– Au moins, tu en auras *vu* un, dit-il pour la consoler.

– Maintenant que nous avons trouvé Guo Guo, reprend le soigneur, j'ai un autre travail à vous confier.

Il leur tend à chacun un crayon et une planchette sur laquelle sont agrafées des feuilles de papier.

– Vous allez consigner vos observations.

Notez bien tous ses mouvements, toutes ses réactions. Vous saurez faire ça ?

– Pas de problème, lui assure Léa, en essayant d'oublier sa déception. Mon frère a l'habitude de noter les choses intéressantes dans un carnet. Et j'adore étudier les animaux !

– C'est bien, vous êtes de véritables scientifiques ! Alors, je vous laisse, je vais chercher d'autres bambous.

Monsieur Li renverse sa cargaison sur le sol, puis il quitte la cage avec sa brouette.

Tom et Léa retirent leurs gants de caoutchouc et regardent Guo Guo à travers les barreaux. Leur tablette à la main, le crayon levé, ils se tiennent prêts.

Le panda ne semble pas s'apercevoir de leur présence. Assise contre l'érable, elle frotte son dos au tronc. Puis elle se gratte le crâne avec une patte de devant, et le ventre avec une patte de derrière.

Léa pouffe. Tom écrit :

Se gratte le dos, la tête et le ventre.

Guo Guo lève une autre patte et elle se grattouille le nez.

Et le nez.

Elle chasse une mouche d'un revers de patte.

Chasse une mouche.

– Hé ! chuchote alors Léa. On dirait qu'elle va s'approcher !

Guo Guo s'est levée, le museau tourné vers les enfants. Puis elle s'avance sur ses quatre pattes, balançant gracieusement son large postérieur. Elle s'arrête devant les barreaux de la cage, se rassied et observe ses jeunes admirateurs.

Tom retient son souffle. C'est comme s'il était lui-même un animal, dans un zoo ;

et le panda a l'air d'un visiteur qui l'examine avec curiosité.

Guo Guo incline sa grosse tête et se couvre les yeux avec ses pattes.

– Elle est trop mignonne ! souffle Léa, attendrie.

Le panda repose ses pattes, et ses petits yeux brillants d'intelligence plongent dans le regard du garçon. Tous deux se fixent un long moment.

Tom a l'impression de traverser le cours du temps. Il lui semble que Guo Guo n'a pas huit ans, mais qu'elle est vieille de trois millions d'années. Elle est emplie de sagesse ; elle connaît des mystères que personne d'autre ne comprendrait. Tom ne sait pas comment décrire ça, il est incapable d'exprimer avec des mots ce qu'il ressent.

– Tout va bien ? lance alors la voix de monsieur Li.

Brusquement tiré de son rêve éveillé, le garçon se tourne vers le soigneur.

– Euh… oui ! Tout va bien.

– C'est rare de voir Guo Guo venir aussi près des visiteurs, commente monsieur Li. Vous avez bien noté tout ce qu'elle a fait ?

Tom et Léa lui tendent leurs planchettes. Le papier de la fille est resté blanc, et le garçon n'a gribouillé que quelques phrases incomplètes.

Le soigneur ajoute amusé :

– Si vous revenez un jour, vous ferez peut-être davantage de remarques !

Tom acquiesce de la tête. Lui, il sait qu'il a très bien observé, mais plus avec son cœur qu'avec son cerveau.

– Vous devez rejoindre le groupe, maintenant. J'ai vu votre grand-mère qui se dirigeait vers l'autocar avec les autres. Comment se fait-il qu'elle ne soit pas venue vous chercher ?

– Oh, elle est parfois un peu distraite, prétend Léa.

Elle se tourne alors vers le panda, qui les fixe toujours.

– Au revoir, Guo Guo !

– Au revoir, Guo Guo, dit aussi Tom, plongeant une dernière fois son regard dans celui du panda.

Il est triste de partir. Le temps passé auprès de la grosse bête lui a paru trop court.

– Dépêchez-vous, les presse monsieur Li. Vos compagnons doivent vous attendre.

Le soigneur les fait sortir de la cage et les accompagne le long du sentier. Arrivé devant la mare aux poissons rouges, il leur indique :

– Vous n'avez plus qu'à suivre le chemin pavé jusqu'au portail. N'oubliez pas de laisser votre équipement dans l'une des caisses.

Tom et Léa lancent d'une seule voix :

– Merci, monsieur Li.

– Au revoir, les enfants ! les salue-t-il, avant de repartir vers la maison de Guo Guo.

– Je reconnais qu'on a passé un bon moment, dit le garçon à sa sœur. Tu es prête à reprendre notre mission, maintenant ?

– Prête ! Mais, d'abord, allons faire un petit tour ! On découvrira peut-être d'autres pandas.

– D'accord, soupire Tom. À condition de jeter juste un coup d'œil. On n'a toujours pas résolu le mystère de la comptine.

Tous deux s'engagent sur un sentier qui s'enfonce dans le parc. Après avoir passé un tournant, ils s'arrêtent net.

– Waouh ! lâchent-ils en même temps.

Et ils éclatent de rire.

Une dizaine de bébés pandas jouent dans un enclos entouré d'une haute clôture. Un écriteau indique :

JARDIN D'ENFANTS

Les bébés ont la taille de petits humains qui commencent à marcher. Certains se balancent sur des pneus accrochés à des branches, glissent sur des toboggans. D'autres encore se roulent dans l'herbe et font des culbutes.

– Ooooh ! Ils sont trop mignons ! s'attendrit Léa. Ils me rappellent Roly et Poly !

– C'est vrai qu'ils sont craquants, admet Tom en souriant. Regarde celui-là qui…

– Que faites-vous ici ? le coupe une voix.

Les enfants se retournent.

Le docteur Ling arrive en courant.

– Tout le monde a quitté le centre ! Votre grand-mère et les autres personnes du groupe n'ont donc pas remarqué votre absence ? C'est incroyable ! Vite, vite ! Tâchez de les rattraper ! L'autocar n'est peut-être pas encore parti.

– Mamie ! appelle Léa en faisant mine d'être affolée.

Son frère et elle s'élancent au pas de course, pris de fou rire. Au passage, ils jettent leurs tenues de soigneurs dans l'une des caisses disposées à l'entrée. Puis ils franchissent le pont.

À l'instant où ils surgissent dans le parking, l'autocar bleu s'engage sur la route.

Léa agite la main :

– Bon voyage, mamie !

Tom pouffe :

– Allez, viens ! Reprenons nos vélos et filons, avant que Sylvia ne s'inquiète !

Toujours riant, ils enfourchent leurs bicyclettes et prennent la route du retour.

Les nuages se sont écartés, et la vallée verdoyante étincelle au soleil. Non seulement le paysage est magnifique, mais c'est bien plus facile de descendre vers la ville que de grimper la côte jusqu'au centre.

Les jeunes cyclistes n'ont même plus besoin de pédaler !

Ils discutent en forçant leurs voix pour s'entendre.

– Je suis triste de quitter les pandas, dit Léa.

– Moi aussi ! J'ai tellement aimé Guo Guo, et tous les bébés qui jouaient, et le nouveau-né dans sa couveuse ! Mais plus vite on sera de retour à Wolong, plus vite on pourra sauver Pirlouit ! Quelle heure est-il, à ton avis ?

– J'ai vu une pendule, près de l'entrée du centre. Il était deux heures un quart. Ça nous laisse encore du temps.

– Super !

– Je me demande où on va trouver cet aliment bizarre, « granuleux, nourrissant, aussi dur que du bois… », reprend la petite fille.

– On va visiter d'autres restaurants.

– Bonne idée ! Je meurs de faim !

– Moi aussi ! J'avalerais même de la gelée de haricots arrosée de thé au beurre de yak !

Léa rit. Elle crie quelque chose que son frère ne comprend pas.

– Qu'est-ce que tu dis ?

Avant que la fillette ait pu répondre, un sourd grondement emplit l'air. La chaussée paraît onduler sous les roues des vélos. Autour des enfants, les arbres, les buissons, les rochers, tout se met à bouger, à vibrer, à trembler.

6

Le réveil du dragon

Tom et Léa freinent et sautent à terre. Une énorme pierre dégringole la pente et tombe juste devant eux. Affolés, ils balayent les environs du regard. D'autres pierres se détachent, glissent et rebondissent. Les arbres s'agitent si violemment que des branches se brisent. Des morceaux de bois et des cailloux dévalent le flanc de la montagne.

Le garçon attrape sa sœur par le bras et la tire sur le bas-côté. Tous deux se blottissent dans un creux de rocher.

Une pluie de débris frappe leurs casques.

Enfin, le sol cesse de remuer et de gronder. Pendant quelques instants, les enfants sont incapables de parler. Puis Tom articule :

– Un tremblement de terre !

– Oui, dit Léa d'une voix enrouée. Comme celui qu'on a vu à la télé.

– Sauf qu'ici, ce ne sont pas des maisons qui se sont écroulées, mais des bouts de montagne !

– On dirait que c'est fini. Allons voir !

Léa s'apprête à sortir de leur abri, quand son frère la retient.

– Attends !

En effet, le sol se remet à remuer.

– C'est une réplique. Attention ! Des trucs risquent encore de nous tomber dessus !

À peine Tom a-t-il parlé qu'un pan de rocher s'écrase sur la route, suivi d'un éboulis de pierres. Puis le calme revient, mais l'air chargé de poussières brûle les yeux du garçon.

– J'espère que les pandas sont sains et saufs, dit Léa.

– Oh ! fait Tom. Et Guo Guo !

Il imagine la grosse bête dans son jardin, coincée sous un arbre ou sous un pan de roche.

– Il faut qu'on y retourne, décide Léa.

– Tu as raison. Où sont nos vélos ?

Ils regardent autour d'eux. À mesure que la poussière se dépose, ils découvrent les dégâts causés par le séisme. La chaussée disparaît sous un amoncellement de pierres, de troncs et de terre. Ils ne peuvent ni descendre vers Wolong ni remonter au centre de recherches. Un rocher de la taille d'une voiture a aplati leurs bicyclettes.

Les deux enfants ôtent leurs casques et les abandonnent sur le sol.

– Voilà. On ne peut plus aller nulle part, maintenant, se désole Léa.

– C'est sûr. Pour déplacer tout ça, il faudrait être King Kong !

– King Kong…, répète Léa.

Puis elle se tourne vers son frère, une curieuse étincelle dans les yeux.

– Quoi ? lâche le garçon.

– King Kong. Pas de problème. On peut le faire.

– Faire quoi ?

– Et bien se changer en King Kong ! Enfin, presque. On pourrait devenir cinq fois plus grands.

– Ooooh ! se souvient Tom.

Il avait oublié la potion magique.

– C'est le seul moyen de s'en aller d'ici.

– Oui…

Le garçon sort la fiole bleue de son sac.

– Cinq fois notre taille…, calcule Léa. Tu vas mesurer environ sept mètres, moi un peu moins.

– Exact.

– Mais la magie ne marchera qu'une fois. Elle ne durera qu'une heure. Et il faut choisir : redescendre à Wolong ou retourner au parc des pandas. En ville, on pourra chercher cette nourriture spéciale qui sauvera Pirlouit. Enfin… si les restaurants sont encore debout.

– Et, dès qu'on sera prêts à repartir, on pourra retourner à la cabane magique.

– C'est vrai. Seulement, on abandonnera Guo Guo et les pandas. On ne saura pas s'ils vont bien, on ne pourra pas aider à réparer les dégâts…

Tom fixe la fiole bleue. C'est un choix terriblement difficile.

Puis une idée le frappe.

– Tu te souviens de notre dernière mission ? Tu as dit que, quand on faisait ce qu'il fallait, c'était comme si on aidait Pirlouit. Même si ça semblait nous éloigner de notre but.

Le visage de Léa s'illumine :

– Mais oui ! Tu as raison !

Tom hoche la tête, et tous deux décident en même temps :

– Les pandas !

– Bois le premier, dit Léa.

Tom débouche la fiole. Il avale une gorgée, se lèche les lèvres et tend la petite bouteille à sa sœur. À l'instant où celle-ci la saisit, une nouvelle secousse ébranle le sol.

Le garçon se met à trembler.

Le séisme se calme. Pourtant, Tom tremble toujours.

Léa lui crie quelque chose.

Il ne comprend pas ce qu'elle dit. Tous ses membres sont parcourus de longs frissons. Il a commencé à grandir !

7

Tom le géant

Tom a l'impression qu'une énorme main l'a attrapé par la tête et tire, tire… Ses bras et ses jambes s'allongent, ses pieds s'élargissent.

Il oscille, manque de perdre l'équilibre. Enfin, il se rétablit. Sa métamorphose est terminée. Ses vêtements, ses baskets, son sac à dos se sont adaptés à sa nouvelle taille.

– Tom ! appelle Léa.

La voix de sa sœur lui semble venir de très loin. Il la cherche des yeux, à travers l'air poussiéreux.

– Je suis là ! En bas !

Il se penche. Léa est devant lui, mais elle lui arrive aux chevilles. Elle explique :

– J'ai lâché la bouteille quand la terre a tremblé, et elle s'est cassée. Je n'ai pas pu boire la potion.

– OH ! ZUT ! PAS DE CHANCE !

Sa voix aussi est celle d'un géant !

– Quel effet ça fait, d'être aussi grand ? lui crie la fillette. C'est amusant ?

– Pas vraiment…

Une nouvelle secousse jette Léa par terre. Tom se baisse. Il la prend entre ses gigantesques mains et l'installe sur son épaule.

– Wouah ! Génial ! apprécie la fillette. J'ai l'impression d'être un marin en haut du grand mât !

Depuis cette hauteur, ils voient encore mieux les dégâts causés par le tremblement de terre. Dans la vallée, les arbres ont été déracinés, la rivière s'est transformée en torrent de boue. La cime des montagnes disparaît derrière de gros nuages noirs.

– Il va sûrement pleuvoir, fait remarquer Léa.

– Ça, c'est le dernier de nos soucis. Pourvu que le parc des pandas n'ait pas été ravagé !

– Alors vite, dépêchons-nous ! On n'a qu'une heure pour y retourner.

La fillette s'accroche au cou de son frère, qui lui maintient les jambes dans ses grosses mains. Il lève son pied de géant pour enjamber le rocher qui a broyé leurs vélos. Progressant de son mieux au milieu des éboulis, il prend la direction du parc. Il passe par-dessus les poteaux électriques écroulés, les fissures profondes dans le sol. Ses baskets de géant écrasent les branches et les buissons. Il marche sur des montagnes de boue comme si elles n'étaient pas plus hautes qu'une fourmilière.

Il repousse à coups de pied d'énormes pierres comme il ferait rouler un ballon de foot. Il franchit une cascade comme il pataugerait dans un caniveau.

– Incroyable ! lâche-t-il.

– Attention ! le prévient Léa.

Un morceau de roche dévale la route dans leur direction. Tom écarte les pieds.

Le rocher lui passe entre les jambes et continue sa course.

Le garçon éclate de rire.

– Tu vois que c'est amusant ! commente sa sœur.

Brusquement, un arbre s'abat sur la chaussée. Tom bute dedans. Il s'affale de tout son long dans un flot de bourbe charriant des pierres et des plantes arrachées.

« Léa ! » pense-t-il. Il redresse la tête pour ne pas être recouvert.

Il attrape sa sœur par les jambes et la soulève au-dessus de l'épaisse mélasse.

– Ça va ?

– Ça va, crachote la fillette. Mais on glisse ! On va tomber dans le vide !

C'est vrai ! Avec la puissance d'une vague, la masse fangeuse les entraîne vers le bord de la route.

Tom serre Léa sous l'un de ses immenses bras. Puis il se fraie un chemin à travers le bourbier. Transformé en bonhomme de glaise, il se sent lourd, pataud.

Il a de la terre jusque dans la bouche.

Enfin, il dépose sa sœur sur le sol et s'assied près d'elle.

– Ouf ! On… s'en est… sortis ! halète la petite fille.

Tom tousse, crache.

– Tu ressembles au monstre des marais, plaisante Léa.

Le garçon ne peut même pas répondre. Les nuages qui viennent de crever lâchent sur eux des torrents d'eau. Renversant la tête en arrière, il laisse la pluie lui laver le visage, lui emplir la bouche. Il crache, tousse, crache encore. L'averse nettoie ses mains, ses bras nus, son tee-shirt, son pantalon et ses baskets.

D'une voix rauque, il demande à sa sœur :

– Depuis combien de temps suis-je géant ?

– Je ne sais pas. Longtemps, il me semble.

– On ferait bien de se dépêcher. On n'a qu'une heure…

– Comment on fera, si tu es toujours aussi grand quand on arrivera au centre ?

– Je resterai caché jusqu'à ce que j'aie retrouvé ma taille normale. Les soigneurs ne supporteraient pas de voir arriver un garçon de sept mètres de haut ! Surtout après ce qui vient de se passer.

Ils se remettent debout péniblement, trempés comme des soupes mais à peu près propres. Tom remet Léa sur son épaule et recommence à grimper, glissant dans les flaques, escaladant les rochers. Pendant un très long moment, il marche sous la pluie sans s'arrêter.

Quand ils arrivent en vue du portail du parc, le garçon est tellement épuisé que c'est à peine s'il peut encore mettre un pied devant l'autre.

Léa toujours sur son épaule, Tom s'arrête au bord de la rivière afin d'observer l'étendue des dégâts.

Le parking est couvert de boue. Le panneau de l'entrée est tombé. La moitié du pont s'est écroulée, des buissons arrachés et des débris divers s'amoncellent devant le portail. Les flancs des montagnes qui entourent le parc ont été dévastés par des glissements de terrain.

– Si c'est aussi terrible à l'extérieur, dit Tom, je me demande ce qu'on va trouver à l'intérieur...

– Et comment on va entrer ? s'inquiète Léa en fixant la rivière tumultueuse.

– Pas de problème ! Je suis sûrement assez grand pour traverser sans danger.

Prenant une profonde inspiration, il s'avance. L'eau froide lui monte jusqu'à la ceinture, le courant manque de le renverser. Lentement, prudemment, il contourne un rocher qui a roulé jusque-là. Soudain, un tremblement le secoue.

« Encore une réplique », pense-t-il.

Il s'immobilise. Mais il continue de trembler. Et il commence à rétrécir. En quelques secondes il a retrouvé sa taille normale.

Les deux enfants plongent dans une eau tourbillonnante. Affolé, Tom s'agrippe à une branche et cherche sa sœur des yeux. Elle s'est accrochée à un tronc.

– Donne-moi la main ! crie le garçon.

Malgré la violence du courant, il réussit à la tirer jusqu'à lui.

– Tu crois qu'on réussira à rejoindre le pont ? s'inquiète la fillette.

– On va essayer !

Lâchant la branche, le frère et la sœur avancent avec de forts battements de bras jusqu'à ce qu'ils se soient agrippés à un angle du pont brisé. Ils se hissent péniblement sur une plaque de ciment. Ils ont encore un large fossé à franchir pour atteindre l'autre partie du pont.

Ils inspirent de nouveau à fond et se lancent.

Enfin, ils parviennent à s'accrocher à un morceau de balustrade et grimpent sur l'autre rive. Un fouillis de branches et de pierres maculées de boue barrent l'accès au centre.

– On doit pouvoir escalader tout ça, suppose Léa.

Elle part en tête, son frère la suit. Ils passent par-dessus le portail et se perchent de l'autre côté, au sommet du tas de débris. De là, ils aperçoivent des soigneurs qui s'affairent, chargés de seaux, de pelles et de matériel médical.

Quand le docteur Ling et monsieur Li découvrent les enfants, ils s'arrêtent net.

– Salut ! leur lance Léa. On peut faire quelque chose ?

8

Un à la fois !

Le docteur Ling est encore sous le choc.

– Oh oui, merci ! Tout le monde est débordé, ici !

Les enfants dévalent le tas de débris. La jeune femme demande alors :

– Où est votre grand-mère ?

– Elle est… euh…, bafouille Tom.

Il quête du regard l'aide de sa sœur.

– Elle travaille avec des secouristes, sur la route, invente tranquillement la fillette.

– C'est gentil de sa part, soupire le docteur Ling. Il y a tant de dégâts… !

– C'est une catastrophe pour toute la région, intervient monsieur Li. Nous n'avons plus ni eau ni électricité. On a pu appeler avec nos portables, mais il faut économiser les batteries.

– Et Guo Guo ? s'inquiète Tom.

– Elle a disparu, répond le soigneur d'une voix altérée.

– Disparu ?

– Oui. Je ne l'ai trouvée nulle part.

– Ne vous tourmentez pas, dit Léa. On va la retrouver.

Les yeux de monsieur Li s'emplissent de larmes.

– Merci ! souffle-t-il. Guo Guo est comme un membre de ma famille.

Puis il se redresse et explique :

– Le séisme et les glissements de terrain ont terrifié les pandas. La plupart de leurs abris sont détruits, les murs de pierre qui entourent leurs enclos se sont effondrés.

– Plusieurs personnes de notre équipe ont été blessées, ajoute le docteur Ling. Monsieur Li et moi devons maintenant secourir ceux qui sont peut-être piégés sous les décombres.

– Allez-y ! Pendant ce temps, nous chercherons Guo Guo, promet Léa.

– Merci, répète monsieur Li. Mais soyez très prudents ! C'est un animal sauvage, ne l'oubliez pas ! Elle doit être très perturbée, elle risque de vous attaquer.

– On s'en souviendra, lui assure la petite fille. Viens, Tom ! On y va.

– Attendez ! lance le docteur Ling en désignant une caisse. Remettez vos tenues de volontaires, ainsi tout le monde saura que vous êtes là pour nous aider.

Elle s'éloigne en hâte avec monsieur Li.

Tom et Léa reprennent leurs combinaisons et les enfilent par-dessus leurs vêtements mouillés.

– Fouillons d'abord autour de la maison de Guo Guo, déclare Tom.

Ils traversent la cour au pas de course. Du verre brisé craque sous leurs pieds. Ils passent devant des bâtiments aux fenêtres fracassées, aux murs fendus. L'enclos des bébés pandas est désert. Le tremblement de terre a abattu les balançoires et les toboggans.

Quand les enfants arrivent à la maison de Guo Guo, ils voient que le mur qui entourait son jardin s'est écroulé.

– Elle s'est peut-être enfuie dans la forêt, suppose Tom.

– Il faut absolument la retrouver !

Les enfants escaladent l'éboulis de pierres, s'enfoncent dans les fourrés en trébuchant sur les branches tombées. Ils appellent :

– Guo Guo ! Guo Guo !

Alors qu'ils se fraient un chemin entre des buissons, Tom retient sa sœur par le bras. Il pointe le doigt et souffle :

– Là ! Elle est là !

En effet, Guo Guo est assise au milieu d'un bosquet de bambous. Les pattes de devant croisées sur son ventre, le menton contre la poitrine, les yeux fermés, la femelle panda ronfle.

– Elle doit être épuisée, chuchote Tom.

Léa sourit :

– En tout cas, elle ne menace pas de nous attaquer !

À cet instant, Guo Guo relève la tête. Quand elle voit les deux jeunes humains, elle gronde sourdement.

– N'aie pas peur, Guo Guo, dit Tom d'une voix douce.

Les enfants s'approchent à pas prudents. Ils s'agenouillent près du panda.

– Bonjour, toi ! murmure Léa.

Elle avance la main, tapote la tête velue. La grosse bête émet une sorte de ronronnement.

– Tu as faim ? demande Tom.

Il ramasse une tige de bambou pour l'offrir au panda.

Guo Guo la saisit entre ses pattes et l'effeuille. Puis elle se met à la mâchouiller sans quitter le garçon des yeux. Son regard est empli de tristesse.

– Écoute !
chuchote alors Léa.

Des espèces de pleurs montent de derrièrc lcs buissons.

La fillette se lève et se fraie un chemin entre les bambous brisés.

Alors, elle s'écrie :

– Regarde ! On dirait mon Roly et mon Poly !

– Reste ici, Guo Guo ! dit Tom. Bon appétit !

Et il se dépêche de rejoindre sa sœur. Deux petits pandas sont grimpés dans un arbre.

Tom leur parle comme s'il s'adressait à de jeunes enfants :

– N'ayez pas peur ! Tout va bien ! Descendez, maintenant ! Un à la fois !

Léa appelle le plus proche d'une voix câline :

– Viens, Roly ! Viens, mon joli !

Le petit panda entame la descente, les fesses en avant. Quand il arrive à portée de la fillette, celle-ci le prend dans ses bras et le détache du tronc. Roly pousse des couinements plaintifs.

– Oui, oui, je comprends, lui murmure Léa. Ce tremblement de terre, c'était terrible, hein ? Tu as eu très peur. Mais tout va bien, maintenant. Tu es avec moi.

– À toi, Poly ! lance Tom au deuxième petit. Allez, descends !

Poly s'accroche au tronc et s'appuie sur la plante de ses pattes pour grimper le plus haut possible.

– Non ! Ne monte pas ! Descends !

Le petit panda baisse la tête vers lui. Ses pattes dérapent sur l'écorce mouillée. Il glisse le long du tronc et tombe sur le sol avec des criaillements aigus.

Tom s'accroupit et l'entoure de ses bras.

– Là, là ! Je te tiens, ne pleure pas !

Le bébé panda mordille gentiment le bras du garçon, qui se met à rire.

– Hé ! Tu me chatouilles !

– Il faut les ramener au centre, dit Léa.

Tom se relève, Poly dans ses bras. Il est étonné de le trouver aussi lourd.

Il appelle la grande femelle, toujours occupée à mâchouiller des bambous :

– Viens avec nous, Guo Guo !

– Allons rejoindre monsieur Li, Guo Guo, ajoute Léa. Il est très inquiet pour toi !

La bête se lèche les griffes. Elle se met à quatre pattes et secoue la tête comme un gros chien. Puis elle s'ébranle en remuant son arrière-train.

Tom et Léa la suivent à travers les broussailles en portant les bébés pandas. Soudain, d'autres gémissements se font entendre.

– Attends, Guo Guo ! crie le garçon.

– Là, fait Léa. Regarde !

Un troisième bébé – encore plus petit – les observe, caché derrière une souche.

– Viens vite ! l'appelle Tom.

Le panda fonce vers lui en piaillant tel un chiot. Il s'agrippe de toutes ses forces à la jambe du jeune humain. Poly serré sous son bras droit, le garçon se penche et entoure de son bras gauche le troisième bébé, encore tout tremblant de frayeur.

– Mon pauvre petit gars !

– Tu vas réussir à porter aussi Petit Gars ? demande Léa.

– Je vais essayer.

Il le soulève maladroitement.

– Tu y arrives ?

– Ça va !

Tom a l'impression de tenir deux enfants grassouillets avec du poil partout !

– En route, mauvaise troupe ! lance-t-il.

L'un portant Poly et Petit Gars, l'autre chargée de Roly, ils suivent Guo Guo qui trotte en tête, sautant par-dessus les rochers et les bambous brisés.

大熊猫
PANDAS

Enfin, ils escaladent le mur en ruine.

Monsieur Li est dans le jardin de Guo Guo. Il sourit quand il la voit arriver.

– Guo Guo ! s'exclame-t-il.

Le panda s'assied sur son derrière, monsieur Li lui prend les pattes de devant.

– Oh, Guo Guo ! Tu n'es pas blessée ?

Et il serre la grosse bête dans ses bras en riant. Guo Guo lâche des espèces de reniflements, on dirait qu'elle rit.

C'est alors que le docteur Ling surgit.

– Les bébés qui avaient disparu ! s'écrie-t-elle. Où les avez-vous trouvés ?

– Ils étaient cachés dans les arbres, explique Léa.

Les petits pandas se mettent à piailler comme s'ils voulaient raconter à la jeune femme leur terrifiante aventure.

Le docteur Ling dit en souriant :

– Ramenons-les à la nursery ! On va leur donner du lait, ça les calmera. Par chance, on a pu mettre en route un générateur pour faire marcher la couveuse du nouveau-né.

– Avez-vous pu dégager les gens pris sous les éboulements ? s'enquiert Léa.

– Oui. Toute l'équipe du centre est choquée, mais saine et sauve. La plupart ne souffrent que d'écorchures et d'hématomes. Nous avons eu beaucoup de chance, car d'autres travailleurs de la réserve naturelle sont blessés ou portés disparus.

Avant de suivre le docteur Ling, Tom se retourne. Il voit monsieur Li danser avec Guo Guo. Ils se balancent d'un côté à l'autre.

– À plus tard, leur lance le garçon, avant de suivre sa sœur vers la nursery.

Dans le bâtiment, le nourrisson est au chaud dans sa couveuse. Sur une couverture, une dizaine de petits pandas boivent du lait dans de gros biberons.

– Ooooh ! s'émerveille Léa. C'est le plus joli spectacle que j'aie jamais vu !

Le docteur Ling apporte des biberons pour Poly, Roly et Petit Gars. Les bébés serrent les bouteilles entre leurs pattes.

– J'ai mis un calmant dans leur lait pour les faire dormir, explique la jeune femme.

Soudain, on entend un grondement. Tom craint un instant une nouvelle secousse. Mais le docteur Ling lève les yeux.

– Ah, enfin ! L'hélicoptère arrive, dit-il.

9

Tout va bien

– L'hélicoptère ? répète Tom.

– Oui, j'ai reçu un appel sur mon portable : la base militaire nous envoie de la nourriture et du matériel médical.

– Super ! se réjouit Léa.

– Nous devons aussi transférer nos pandas dans d'autres réserves, poursuit le docteur Ling. En attendant que la route soit déblayée, certains seront transportés par hélicoptère jusqu'à Wolong. De là, un camion les conduira en lieu sûr.

– C'est un bon plan, approuve le garçon.

Sa réflexion fait sourire la jeune femme.

– Je suis contente que l'idée te plaise, car je voulais justement vous demander à tous deux d'accompagner les trois petits dans le premier vol. Votre grand-mère vous donnera-t-elle l'autorisation ?

– Pas de problème, lui assure Léa. Nous sommes déjà montés en hélicoptère. Lors d'une mission en Antarctique.

– Vraiment ?

Le docteur Ling paraît surprise. Néanmoins, elle ajoute :

– Eh bien, c'est parfait. Attendez-moi ici, je dois parler au pilote et appeler notre équipe à Wolong.

Elle s'apprête à quitter la pièce quand elle se ravise :

– Oh ! Je viens de m'apercevoir… que je ne connais même pas vos noms !

– Nous sommes Tom et Léa, déclare la petite fille.

– Eh bien, merci, Tom et Léa !

Et elle s'en va.

Tom fait remarquer à sa sœur :

– Ça tombe bien ! Je me demandais justement comment on allait retourner à Wolong. On ne doit pas oublier notre mission !

– Tu vois, lui rappelle la fillette en souriant, les choses s'arrangent toujours quand on a fait ce qu'il fallait.

– Oui, ça marche chaque fois !

– Et on ne quittera pas les bébés pandas tout de suite !

De la main, Léa essuie le lait qui coule sur le menton de Roly et elle lui pose un baiser sur le haut du crâne. Les trois petits ont laissé tomber leur biberon, ils dodelinent de la tête, prêts à s'endormir.

– Tu veux bien rester avec eux le temps que j'aille dire au revoir à Guo Guo ? demande Tom.

– Bien sûr, tu peux y aller ! Dis-lui aussi au revoir pour moi !

– Je le ferai.

Le garçon sort de la pièce et court en zigzag sur le sentier pour éviter les débris. Arrivé à la maison du panda, il trouve monsieur Li assis à côté de Guo Guo sur le sol de ciment. Le soigneur lui tend des bouchées qu'il casse d'une grosse miche ronde. À cet instant, tous deux semblent avoir oublié le tremblement de terre.

– Guo Guo apprécie toujours un petit casse-croûte, commente monsieur Li. Même quand le monde est sens dessus dessous !

Tom explique en s'asseyant à son tour :

– Oui, je m'en suis aperçu quand je lui ai offert du bambou, dans le bois. Qu'est-ce qu'elle mange, là ?

– C'est un mets particulier. Tiens, donne-le-lui, si tu veux !

Le garçon prend le pain. Il a bien du mal à en détacher un morceau tant il est dur. Guo Guo ouvre grand la gueule, et Tom place la bouchée sur sa langue rose. Tout en mastiquant, la grosse bête pose sur le jeune humain son doux regard plein de sagesse.

– Je croyais que les pandas ne se nourrissaient que de bambou, s'étonne Tom.

– C'est vrai, mais il leur arrive de déguster des iris, des crocus ou des gentianes, et parfois du poisson. Cet aliment est constitué de bambou, mélangé avec de la mélasse, des graines et des vitamines. C'est très nourrissant. On l'appelle le « pain panda ».

Le garçon interroge monsieur Li :

– Et… il est préparé avec amour ?

– Euh… on peut dire ça, admet le soigneur d'un air surpris.

Le sourire radieux du garçon le rend encore plus perplexe.

– Tout va bien ?

– Oui, tout va bien ! Tout va même très bien !

– Tant mieux. On a vécu des moments difficiles, aujourd'hui.

– C'est sûr, approuve Tom. Léa et moi, nous allons accompagner trois bébés à Wolong, en hélicoptère. Est-ce que je peux prendre un morceau de pain panda, pour le montrer à ma sœur ?

– Certainement ! Mais n'essayez pas de mordre dedans. C'est très…

– Oui, c'est très dur ! Aussi dur que du bois !

Tom met le bout de pain dans son sac à dos. Puis il caresse la fourrure de Guo Guo.

– Au revoir, ma belle ! Tu as de la chance d'avoir un ami comme monsieur Li !

– Merci, murmure le soigneur.

Après un dernier regard au panda géant, Tom se lève et repart vers la nursery. Quand il arrive, il voit que l'hélicoptère s'est posé dans l'enclos des bébés pandas, où des soldats en uniforme vert et brun déchargent des caisses.

Il rejoint le docteur Ling et Léa, qui l'attendent, portant Roly et Poly.

– Tom, tu veux bien t'occuper du tout-petit ? demande la jeune femme. Je vous aiderai à vous installer dans l'appareil.

– Bien sûr !

Il soulève Petit Gars, à moitié endormi. Tous trois sortent de la nursery. La nuit tombe. Sur le terrain de jeu, les soldats finissent de décharger la nourriture et le matériel médical. Les enfants enlèvent leur combinaison. Puis Léa demande :

– Comment allez-vous soigner les pandas jusqu'à ce qu'ils soient tous emmenés dans d'autres centres ?

– Nous allons monter des tentes, puiser de l'eau au ruisseau et faire de notre mieux, répond le docteur Ling. Je suis sûre que beaucoup de gens, en Chine et partout dans le monde, voudront nous aider. J'ai déjà eu un appel de Pandas International.

L'association a promis d'envoyer du lait en poudre pour les bébés, et elle va récolter de l'argent.

– Super ! dit Tom. Eh bien, dans ce cas...

Il sort de sa poche ce qui lui reste de yuans et tend les billets à la jeune femme.

– On sera heureux de participer aussi.

– Merci ! Toute la région va avoir besoin de secours, dans les jours qui viennent. D'après nos collègues de Chengdu, ce séisme a été l'un des plus violents que le pays ait connus. Il a dû faire de nombreuses victimes. Des villes entières ont été détruites.

– C'est terrible...

– Et votre famille ? s'enquiert Léa.

– Mes parents sont sains et saufs à Pékin. Mais, face à un tel drame, tous les Chinois forment une seule et grande famille, à présent. Oh, regardez ! Le pilote nous fait signe.

Dans la lumière grise du crépuscule, Tom, Léa et le docteur Ling s'avancent vers l'hélicoptère, portant chacun leur petit panda. Ils grimpent l'escalier et pénètrent dans l'étroite cabine. Les enfants s'assoient et bouclent leur ceinture. Le docteur Ling tend Roly à la fillette. Celle-ci serre les deux bébés dans ses bras tandis que son frère berce Petit Gars.

La jeune femme leur donne alors une lampe torche.

– Tenez, vous en aurez besoin ! Quand vous arriverez, il fera nuit, et il n'y a plus d'électricité, là-bas. À l'atterrissage, des membres de notre équipe de Wolong vous accueilleront. Bon voyage ! Et merci pour tout ! Au revoir, Tom et Léa !

– Bonne chance ! Et bon courage pour rebâtir votre centre ! lance Tom. C'est un endroit extraordinaire.

Le docteur Ling descend de l'appareil et les salue de la main. Le pilote monte à bord.

Il remet des protège-oreilles à ses jeunes passagers :

– Mettez ça ! Le vol est très bruyant !

Il s'installe sur son siège ; les deux autres soldats prennent place derrière lui.

L'instant d'après, le moteur ronfle, les pales se mettent à tourner. Une secousse, et l'hélicoptère décolle. Il s'éloigne en rugissant dans le ciel qui s'assombrit.

10

Le pain panda

L'hélicoptère survole le pont brisé, la grand-route encombrée d'éboulis et les montagnes qui entourent la réserve de Wolong. Puis la ville apparaît.

Le pilote pose son appareil sur une vaste place éclairée par des projecteurs. Deux autres hélicoptères sont déjà là. Des secouristes en sortent des blessés allongés sur des brancards. Ils les transportent vers des tentes qui ont été dressées à la hâte.

Quand les pales sont complètement arrêtées, Tom et Léa descendent de l'engin.

Les deux enfants tiennent dans leurs bras les bébés pandas endormis.

– Tom ! Léa ! les appelle une voix.

Quatre femmes en combinaisons noires se précipitent pour les accueillir.

– Nous travaillons au centre de protection, explique l'une d'elles. Merci de nous avoir amené ces petits !

Léa met un baiser sur la tête des bébés.

– Soyez bien sages ! murmure-t-elle.

Puis son frère et elle confient leur précieux chargement aux jeunes femmes.

– Ils sont si gentils ! commente la fillette.

– Ils vont être installés dans un endroit adapté, poursuit une des soignantes. Leurs compagnons les rejoindront bientôt.

Une troisième ajoute :

– Mais c'est à notre tour de vous aider ! Accompagnez madame Chang dans son bureau. Elle va contacter votre grand-mère.

– Inutile, proteste Tom. On sait où elle est.

– Oui, oui, enchérit Léa en montrant une rue. Elle nous a donné rendez-vous dans un restaurant, en ville.

– Au revoir ! lance le garçon.

– Au revoir ! répète sa sœur.

Avant que les femmes aient eu le temps d'intervenir, ils ont filé. Ils traversent la place encombrée de gens qui courent en tous sens, contournent les hélicoptères et les tentes, se faufilent entre les médecins, les infirmières, les militaires.

Arrivés dans la rue, ils s'arrêtent pour reprendre leur souffle.

– Prête à rentrer à la maison maintenant ? demande Tom.

– Hé ! Pas si vite ! Il faut encore qu'on cherche le quatrième objet pour sauver Pirlouit, ce drôle d'aliment qui…

– Plus la peine !

– Quoi ?

– Ce n'est plus la peine de le chercher.

– Hein ? Mais… pourquoi, qu'est-ce que tu racontes ?

– On… n'a…plus… besoin… de… le… chercher, articule le garçon en détachant chaque mot.

Sa sœur le dévisage d'un air interloqué :

– Tu veux dire… qu'on l'a trouvé ?

Hochant la tête, Tom sort une espèce de boule brune de son sac à dos :

– Ça s'appelle du pain panda. Quand je suis allé voir Guo Guo une dernière fois avant notre départ, monsieur Li lui en donnait des bouchées.

– Et qu'est-ce qui te fait croire que… ? commence Léa.

Son frère l'interrompt d'un geste :

– Le pain panda est granuleux, nourrissant et aussi dur que du bois. Il est rond et couleur de sable. On le prépare avec amour. *Et* on le donne à ceux qui ont tout perdu : les pandas de la réserve !

– Parfait ! s'exclame la fillette.

Tom lève le pain dans sa paume et dit :

– Voilà pourquoi je crois que les pandas vont survivre.

– Grâce au pain panda ?

– Non ! Ils survivront parce que des gens dévoués s'occupent d'eux. Ils fabriquent pour eux de la bonne nourriture, ils les soignent et les mettent en sécurité dans des réserves naturelles. Ils réunissent de l'argent pour eux et parlent en leur nom, puisque les pandas ne peuvent pas s'exprimer eux-mêmes.

– Tu as raison, approuve la petite fille. Le pain panda est un véritable symbole. Il représente tous ces gens qui travaillent à la protection des animaux en danger !

– Exactement ! Et maintenant, il faut sauver Pirlouit !

– Oui ! Il me semble que la cabane s'est posée tout près d'ici.

– Allons-y !

Quand ils arrivent dans le bosquet, Tom allume la lampe torche donnée par le docteur Ling. Le rayon de lumière éclaire l'échelle de corde, qui pend dans le noir.

Le frère et la soeur grimpent dans la cabane.

La petite fille veut vérifier et demande :

– Les trois autres objets sont bien là ?

Son frère éclaire le plancher. La rose d'émeraude étincelle et jette des éclats de couleur sur la fleur jaune et blanche, sur la plume d'oie.

– Ils sont là, constate le garçon.

– On n'a plus qu'à ajouter le quatrième !

Tom sort de son sac le morceau de pain panda et le dépose à côté de la plume.

– Mission accomplie !

Un bourdonnement de moteur s'élève dans la nuit. Les enfants courent à la fenêtre et voient arriver un nouvel hélicoptère.

– Tu te rappelles notre premier vol, en Antarctique ? demande Léa. Quand tu cachais Pirlouit dans ton blouson ?

– Si je me rappelle ! Personne ne devait voir le bébé manchot, et il n'arrêtait pas de piailler. Alors, je faisais semblant de tousser pour couvrir le bruit !

Tom revoit en pensée les yeux ronds de la petite bête, son air un peu ahuri.

Il se souvient de Teddy et de Kathleen, des merveilles de Camelot. Il a soudain hâte de revoir ces lieux magiques, de ramener Pirlouit à la vie !

– Prête pour retourner au royaume de Morgane et de Merlin ? lance-t-il à sa sœur.

– Et comment !

Le garçon reprend dans son sac la lettre de leurs amis magiciens. Il pose le doigt sur le mot *Camelot* et prononce la phrase habituelle :

– Nous souhaitons être transportés... là-bas !

Un éclair illumine la nuit.

Le vent hurle.

Le tonnerre gronde.

Puis le silence retombe.

11

Briser le mauvais sort

La lune dans son premier quartier vogue bas dans un ciel violet. Quelques étoiles clignotent encore. Tom et Léa restent un moment immobiles, à respirer l'air frais.

Enfin le garçon brise le silence :

– Ça va, on arrive avant le lever du jour.

– Oui. Où s'est-on posés, exactement ?

Tom allume la lampe et la pointe vers la fenêtre. Le faisceau éclaire des arbres. À leurs branches pendent des pommes dorées.

– Je crois qu'on est dans le verger où on avait atterri la dernière fois.

– Éteins la lampe, souffle alors Léa. J'ai vu quelque chose bouger, là-bas !

Tom obéit.

Une tache lumineuse danse dans le verger sombre ; elle s'avance vers eux.

Un garçon appelle :

– Tom ? Léa ?

– C'est vous ? demande une voix de fille.

– Oui, c'est nous ! s'exclame Léa.

Et elle se précipite vers la trappe.

Tom met la rose d'émeraude, la fleur, la plume et le morceau de pain panda dans son sac à dos avant de descendre à son tour.

Teddy et Kathleen se tiennent au pied de l'échelle, dans la lueur jaune d'une lanterne.

– On a arpenté le verger toute la nuit en vous attendant, raconte le jeune magicien. Et, soudain, une lumière a brillé à travers les arbres !

– Celle de notre lampe torche, explique Léa.

– C'est alors qu'on a vu celle de votre lanterne, poursuit Tom.

– On est tellement contents que vous soyez ici ! dit la Selkie.

– On est contents aussi, lui assure Léa.

– Avez-vous traduit les dernières lignes de la formule ? veut savoir Tom.

– Oui, on a réussi !

– Et avez-vous pu rassembler les choses qu'il nous fallait ? demande Teddy.

– Nous aussi, on a réussi, s'écrie Léa.

– Tout est dans mon sac, ajoute Tom.

– Magnifique ! se réjouit Kathleen. Nous étions sûrs que, si quelqu'un pouvait nous tirer d'affaire, c'était vous !

– Vous nous avez apporté les quatre objets, reprend le jeune magicien. Et nous sommes ensemble. Le moment est venu de rompre le mauvais sort. Vite, allons-y ! Avant que le soleil ne se lève !

Teddy et Kathleen conduisent leurs amis entre les pommiers, dans la fraîcheur humide de l'aube. Enfin, ils sortent du verger. Kathleen éclaire de sa lanterne la porte d'une chaumière. Tom la reconnaît.

– La maison de jardinier de Merlin !

– Oui, dit Teddy. Nous y avons amené Pirlouit. Nous espérions qu'ici, dans ce lieu où Merlin aime habiter, il reviendrait à la vie. Hélas, il ne s'est rien passé.

Et le jeune magicien pousse un gros soupir. Il ouvre la porte de la petite maison, et tous entrent à sa suite. Tom frissonne. Il fait froid, à l'intérieur ; on se croirait dans une tombe.

Kathleen place la lanterne sur la table.

– Le voilà, dit tristement Teddy.

Pirlouit se tient tout raide sur la table, aussi gris et immobile qu'une pierre.

– Pirlouit ? l'appelle Tom.

La dernière fois qu'il l'a vu, le bébé manchot était si mignon, si chaud, si... vivant !

– Pauvre Pirlouit ! gémit Léa en posant le doigt sur son bec.

– C'est le moment de sortir les quatre objets, reprend Teddy.

Tom fouille dans son sac à dos.

– Voilà ! Le premier est un cadeau qu'on nous a fait en Inde.

Il pose la rose d'émeraude au pied de la petite bête pétrifiée, et le joyau étincelle dans la lumière de la lanterne.

– L'émeraude est le symbole de l'amour. Cet amour plus fort que nos fautes et que nos erreurs, commente Léa.

Son frère place alors près de la pierre précieuse la fleur séchée, blanche et jaune.

– Celle-ci vient des Alpes suisses.

– La renoncule des glaciers est le symbole de l'enfance, celui d'une âme joyeuse, continue Léa.

– Ceci nous a été remis par Abraham Lincoln, un grand président des États-Unis d'Amérique, précise Tom en ajoutant la plume d'oie.

– Elle représente l'espoir, qui permet de croire qu'un jour, on comprendra le sens de tous nos chagrins, murmure Léa avec gravité.

– Et la dernière chose, nous la rapportons de Chine.

Le garçon sort de son sac le morceau de pain.

– Ça s'appelle du « pain panda », explique sa sœur. Il évoque ces gens qui font tout leur possible pour sauver les animaux en voie d'extinction, en les soignant, en les aimant, en parlant au nom de ces bêtes qui ne peuvent pas s'exprimer.

Tom, Léa, Teddy et Kathleen fixent en silence les quatre objets posés aux pieds de Pirlouit, dans la lumière de la lanterne.

Enfin, la Selkie intervient :

– Avance-toi, Teddy, puisque c'est toi qui as jeté le mauvais sort.

Teddy se place devant la table. Les yeux fermés, il prend une longue inspiration. Puis il lève les bras et déclame :

– Les quatre objets ont été réunis. Moi qui ai lancé le sort, je veux que le sort soit brisé ! Pirlouit, reviens à la vie !

Le magicien ouvre les yeux. Tous fixent le petit manchot. Ils attendent, attendent.

Rien ne se passe.

Les bras toujours levés, Teddy murmure :

– Pirlouit, je t'en prie, retrouve la vie !

Ils attendent encore.

Teddy baisse lentement les bras.

– Ça ne marche pas… Pourtant, on a fait tout ce qu'il fallait…

Prenant le manchot de pierre, il le berce dans ses bras.

– Alors, c'est vraiment fini ? soupire-t-il. Tu ne nous reviendras jamais ?

Une larme tombe des yeux du jeune magicien, puis une autre.

– Oh, Teddy ! compatit Léa.

– Ne me regarde pas comme ça ! C'est idiot de pleurer, je sais…

– Ce n'est pas idiot du tout, le rassure Tom.

– Tu penses que Merlin va te chasser de Camelot ? demande la fillette. C'est ça qui te rend si triste ?

Teddy secoue la tête.

– Non, non. C'est ce que vous nous avez montré, ce que vous nous avez dit qui me désole. L'émeraude me rappelle l'amour que Merlin a pour Pirlouit, et la fleur, toute la joie que nous donnait le petit manchot. La plume m'évoque l'espoir que Kathleen et moi avions mis en vous, parce que nous savions que vous nous aideriez à briser le sort. En voyant votre pain panda, je me souviens que je devais protéger Pirlouit pendant l'absence de Merlin. Au lieu de ça, je lui ai porté malheur… Et je ne peux pas réparer ma faute. Je ne la réparerai jamais. J'en suis terriblement désolé.

Les larmes du jeune magicien coulent sur le petit animal de pierre.

– Teddy, murmure Léa, ne pleure pas…

Elle n'en dit pas davantage, car…

Pip !

– Chut, Teddy ! dit Kathleen. Écoute !

Pip !

Tous regardent Pirlouit. Peu à peu, le corps gris du bébé manchot retrouve sa douce blancheur. Il relève la tête, il cligne des yeux…

Pip !

12

Un à la fois

– Pirlouit ! lâche Teddy. Tu es revenu ! Tu es vivant !

Léa saute en criant :

– Youpi !

Maintenant, le jeune magicien rit et pleure en même temps. Kathleen, Tom et Léa rient avec lui, et, si leurs yeux brillent de larmes, ce sont des larmes de joie.

Le bébé manchot les regarde, puis il court en se dandinant d'un bout à l'autre de la table pour les saluer l'un après l'autre : *Pip ! Pip ! Pip ! Pip !*

Teddy le prend dans ses bras, il pose la joue contre l'adorable tête ébouriffée.

– C'est un miracle ! Un vrai miracle !

Au même instant, on entend des trompettes sonner. Les quatre amis sursautent et courent à la fenêtre. Les premières lueurs du jour rosissent le jardin.

Kathleen se tourne vers Tom et Léa.

– Vous devez partir ! Ces trompettes annoncent le retour de Morgane et de Merlin. On ne pourrait pas leur expliquer votre présence ici.

D'un geste vif, elle ramasse l'émeraude, la fleur, la plume et le pain panda, et elle les enfouit dans les profondeurs de sa poche.

Teddy, lui, cajole toujours le manchot en souriant, comme perdu dans un rêve.

– Emmenons Pirlouit, lui dit la Selkie. Nous allons raccompagner Tom et Léa jusqu'à la cabane.

Alors qu'ils quittent la maisonnette, le soleil se lève à l'horizon. Kathleen traverse le verger à grands pas, sa cape voltigeant derrière elle.

Quand ils arrivent au pied de l'échelle, Teddy prend la parole :

– Au revoir, et merci ! Je vous dois un million de mercis ! Tous les habitants de Camelot vous remercient. Enfin, ils vous remercieraient s'ils savaient ce que vous avez fait pour nous !

– Oh oui, enchérit la Selkie. S'ils savaient !...

Elle embrasse le frère et la sœur.

– Encore une chose..., demande Tom. Que disaient les dernières lignes de la formule que vous avez traduite ? Vous vous en souvenez ?

– Bien sûr ! s'exclame Teddy.

Et il récite de mémoire :

Quand les quatre objets seront rassemblés
Avec celui qui a lancé le sort,
Le sort alors sera brisé
Et la vie remplacera la mort.

– J'ai compris ! intervient Léa. C'est *toi* qui as sauvé Pirlouit, Teddy. Toi seul ! Grâce à ce que tu as ressenti pour lui.

– Oui, approuve Kathleen. Les objets rapportés par Tom et Léa n'étaient pas magiques. Mais ils ont servi à éveiller des sentiments que tu avais en toi, Teddy. Ce sont ces sentiments qui ont effacé les effets du sortilège.

– Vous avez sans doute raison, murmure Teddy, pensif. Je suis désolé de vous avoir donné tant de mal, et de t'avoir causé tant de soucis, Kathleen. Vous avez tous payé pour ma bêtise.

– Ne t'en fais pas, le rassure Léa. On a beaucoup aimé accomplir ces quatre missions.

On a permis à une maman éléphant de retrouver son petit. On a aidé un bon gros chien joueur à découvrir qu'il serait un grand sauveteur. On a rendu l'espoir à un président des États-Unis, et on a retrouvé des bébés pandas perdus.

– Et tout ça pour venir au secours de Pirlouit ! ajoute Kathleen.

– Eh oui, commente Tom en caressant

le bébé manchot. C'est drôle comment les choses fonctionnent, parfois.

Les trompettes retentissent de nouveau.

– Vite ! s'écrie la Selkie. Ils arrivent !

Léa caresse les plumes de Pirlouit.

– Au revoir, toi !

Pip !

– *Pip !* à toi aussi, rit Tom en embrassant le petit manchot sur la tête.

Les enfants grimpent à l'échelle puis ils disparaissent dans la cabane.

Une fois à l'intérieur, Léa s'empare du livre sur le bois de Belleville, tandis que Tom court à la fenêtre.

À présent, le soleil inonde le verger. La sonnerie des trompettes résonne dans l'air matinal.

Léa pose le doigt sur la couverture du livre et lance :

– Nous souhaitons revenir à la maison !

Teddy agite la main :

– Au revoir ! Et encore merci !

Le vent se met à souffler, la cabane à tourner.

Elle tourne plus vite, de plus en plus vite.

Puis tout s'arrête, tout se tait.

– On est de retour, constate Tom.

Des taches de lumière dansent dans la forêt. Comme chaque fois, le temps n'a pas passé, à Belleville, depuis que la cabane a emporté les enfants dans cette nouvelle expédition.

– Ça va être l'heure de l'école, dit Léa.

Son frère grommelle. Il se sent épuisé. Tous ses muscles lui font mal. Il ouvre son sac à dos pour en sortir le livre sur la Chine :

– On a oublié de manger nos tartines !

– Elles doivent être un peu écrasées…

– Ça m'est égal, je meurs de faim !

– Moi aussi !

Le garçon déballe les tartines beurrées. Il en tend une à sa sœur et mord dans la sienne.

– Hmmm ! C'est bon !

– C'est notre pain panda à nous, préparé avec amour par maman, qui est l'un de nos « soigneurs ».

Cette idée fait rire Tom.

– Exact !

Tout en entamant sa tartine avec appétit, Léa poursuit :

– Le pain panda représente ce qui protège les pandas. Et aussi ce qui protège les oiseaux, comme Pirlouit.

– Sûrement, approuve le garçon, la bouche pleine.

– Et les plantes, et les arbres…

Tom hoche la tête.

– Et les dauphins, et les baleines, ainsi que toutes les créatures marines.

Tom opine de nouveau.

Sa sœur finit sa tartine avant de conclure :

– En vérité, il y a des *millions* d'êtres vivants à protéger !

– Wouah, doucement ! l'arrête Tom. Rappelle-toi ! Un seul panda à la fois !

– Tu as raison. Et un seul manchot à la fois !

Le garçon remet son sac sur son dos. Ils descendent tous deux par l'échelle de corde. Puis ils courent à toutes jambes le long du sentier pour ne pas arriver en retard à l'école.

Fin

Si tu as envie de nous donner
tes impressions sur la série
ou de nous parler de tes propres voyages
réels ou imaginaires,
n'hésite pas à nous écrire !

N'oublie pas d'écrire
ton nom et ton adresse sur la lettre !

La Cabane Magique

1 — La vallée des dinosaures
2 — Le mystérieux chevalier
3 — Le secret de la pyramide
4 — Le trésor des pirates
5 — Sur le fleuve Amazone
6 — Le sorcier de la préhistoire
7 — Le voyage sur la lune
8 — Panique à Pompéi
9 — Le terrible empereur de Chine
10 — L'attaque des Vikings
11 — Course de chars à Olympie
12 — Sauvés par les dauphins
13 — Les chevaux de la ville fantôme
14 — Dans la gueule des lions
15 — Danger sur la banquise
16 — Les dernières heures du Titanic
17 — Sur la piste des Indiens
18 — Pièges dans la jungle
19 — Au secours des kangourous
20 — Sur scène !
21 — Gare aux gorilles !
22 — Drôles de rencontres en Amérique

23 — Grosses vagues à Hawaï
24 — Au royaume du Roi Arthur
25 — Les mystères du château hanté
26 — À la recherche de l'épée de lumière
27 — L'étrange palais de glace
28 — Carnaval à Venise
29 — Tempête de sable
30 — Rencontres en haut de la Tour Eiffel
31 — Au secours de la licorne
32 — Le dragon du mont Fuji
33 — Le secret de Léonard de Vinci
34 — Un monstre sous les mers
35 — L'empereur des manchots
36 — La flûte enchantée
37 — Le jeune chanteur de jazz
38 — Au pays des farfadets
39 — Les petits ramoneurs de Londres
40 — Un cadeau extraordinaire
41 — Le chien des neiges
42 — Rendez-vous avec le président Lincoln
43 — Un refuge pour les pandas
44 — Alexandre et l'indomptable cheval
45 — Houdini le magicien
46 — Une mission sur le nil
47 — Coupe du monde à Mexico
48 — En vacances chez les Mayas
49 — Chiens de traîneau en Alaska